La princesse Chenoa
et le Grand Esprit Soleil

L'illustrateur : Philippe Masson, né à Rennes en 1965,
est issu d'une famille de marins bretons. Actuellement,
il vit à Tours avec son amie et ses deux enfants, Lucas
et Mona. Il réalise les dessins de « La Cabane Magique »
aux Éditions Bayard Jeunesse.

Titre original : *The Dream-catcher Princess*
© Texte, 2006, Working Partners Ltd.
Série créée par Working Partners Ltd.
Tous droits réservés.
Reproduction, même partielle, interdite.
© 2008, Bayard Éditions Jeunesse pour la traduction française
et les illustrations.

Coordination éditoriale : Céline Potard
Conception et réalisation de la maquette : Éric Doxat.

Loi n° 49 956 du 16 juillet 1949
sur les publications destinées à la jeunesse.
Dépôt légal : septembre 2008 – ISBN 13 : 978 2 7470 2162 3.
Imprimé en Allemagne par CPI – Clausen & Bosse.

Le château magique

La princesse Chenoa
et le Grand Esprit Soleil

Katie Chase

Traduit et adapté de l'anglais par Anne Delcourt
Illustré par Philippe Masson

BAYARD JEUNESSE

Le labyrinthe

Cléa se tenait à l'entrée du labyrinthe, dans le jardin du château.

– On fait la course ? proposa-t-elle à son petit frère.

Il hocha la tête avec enthousiasme :

– D'accord ! Le dernier arrivé range la chambre de l'autre !

Cléa éclata de rire devant l'air coquin de Lucas. Il cherchait toujours le moyen d'éviter les corvées.

– Entendu ! répliqua-t-elle. Ça tombe bien, la mienne est un peu en désordre...

Lucas prit un air moqueur.

– Pas autant que la mienne, dit-il. Tu vas mettre des heures à ramasser tous mes dino-saures !

Sa sœur gloussa.

– Un… deux… trois… Partez !

Ils s'élancèrent dans le grand labyrinthe, chacun de leur côté. Ils y avaient déjà passé des heures, mais ni l'un ni l'autre ne connais-sait le parcours le plus rapide.

Cléa ne put s'empêcher de sourire quand elle entendit son frère pousser de grands cris de Sioux. Comme elle, Lucas adorait la vie dans le château de tante Clarisse. Cette dernière étant partie faire le tour du monde, ils venaient de s'y installer pour deux ans avec leurs parents. Cléa n'en revenait toujours pas.

Plus incroyable encore : avant son départ, sa grand-tante avait laissé à Cléa un message secret. Il lui révélait la présence de petites princesses cachées un peu partout dans le manoir. Cléa en avait découvert une dans sa chambre le soir même de son arrivée.

Depuis, elle en avait déjà rencontré cinq et avait vécu avec chacune les aventures les plus étonnantes !

Peu à peu, la voix de son frère s'éloignait. Bientôt, Cléa ne l'entendit presque plus. Elle regarda autour d'elle, et ne vit que le ciel bleu et les deux rangées de haies du chemin. La neige crissait sous ses pieds. Après un tournant, elle se retrouva au centre du laby-rinthe. Six allées s'y rejoignaient en une sorte de petit rond-point. Et là, au milieu, se dres-sait l'un des trésors les plus précieux de tante Clarisse : un totem. Au risque de prendre du retard dans la course, Cléa ne résista pas à l'envie de s'arrêter pour l'admirer.

C'était un haut poteau de bois gravé de motifs compliqués, peints en couleurs vives : noir, rouge, vert, blanc, turquoise et jaune. Il était cinq fois plus grand qu'elle, et si épais qu'elle pouvait à peine en faire le tour avec ses bras.

Un jour, tante Clarisse lui avait raconté que son père – l'arrière-grand-père de Cléa – l'avait rapporté de l'un de ses voyages. Explorateur, il avait passé plusieurs années dans une tribu d'Indiens d'Amérique du Nord. Ils lui avaient offert ce totem en cadeau d'adieu.

« Génial ! » pensa Cléa en caressant le

bois poli par le temps. Clarisse lui avait expliqué que, chez les Indiens, les totems étaient un peu comme des livres d'images. Chacun des dessins qui y étaient sculptés était un élément de l'histoire.

Cléa les examina avec curiosité. Elle reconnut, de haut en bas : un hibou, un aigle, une étoile, et un animal qui ressemblait à un chien joueur.

Enfin, elle remarqua une jeune Indienne à dos de cheval. Elle s'approcha : la petite fille regardait droit devant elle, l'air décidé. Elle portait un joli bandeau de perles dans les cheveux.

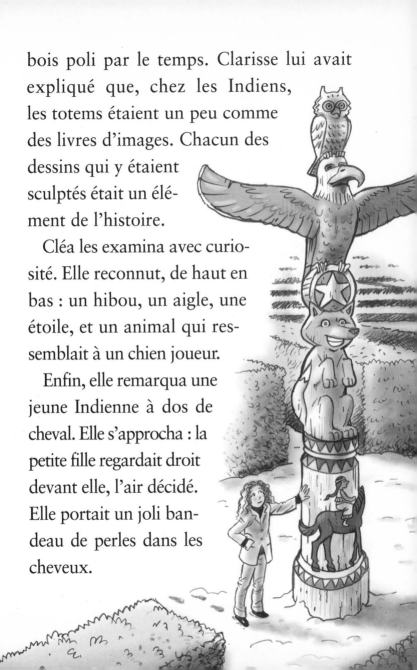

Cléa sentit les battements de son cœur s'accélérer.

– Et si c'était une princesse ? se demanda-t-elle à voix haute.

Il n'y avait qu'un moyen de s'en assurer. Elle s'inclina en une profonde révérence.

– Bonjour ! murmura-t-elle à la cavalière.

À peine Cléa eut-elle refermé la bouche qu'une rafale de vent s'enroula autour d'elle, chargée d'un tourbillon d'aiguilles de pins. Une piquante odeur de résine monta à ses narines. Ses pieds décollèrent du sol. Une nouvelle aventure commençait !

2

Les Ombres des rêves

Le vent s'apaisa aussi vite qu'il était venu, et Cléa se retrouva de nouveau sur la terre ferme. La pleine lune luisait comme une pièce d'argent dans le ciel bleu sombre, et l'air frais embaumait la résine de pin.

Une main la saisit brusquement par le bras et la poussa par terre.

– Hé ! s'écria-t-elle, surprise.

Cléa s'aperçut qu'elle avait été entraînée derrière un gros rocher, par une fille qui ressemblait comme une sœur à la jeune cavalière du totem. L'inconnue lui fit signe de se taire en posant un doigt sur sa bouche.

Cléa acquiesça d'un hochement de tête. Prudemment, elle se redressa pour regarder au-dessus du rocher. D'abord, elle ne vit rien. Puis, lorsque ses yeux se furent habitués à l'obscurité, elle distingua, à quelques mètres d'elle, trois monstres hideux !

L'un d'eux était énorme, doté de six ou sept pattes grosses comme des poteaux. Trois longues cornes ornaient son front. Le deuxième, plus petit, ressemblait à une pieuvre.

Il se déplaçait en rampant sur des tentacules, avec un drôle de bruit visqueux. Le dernier avait l'allure d'un cafard géant. Il filait de tous côtés dans un horrible cliquetis, tout en remuant frénétiquement ses antennes.

Cléa les observait sans bouger d'un millimètre. Elle osait à peine respirer. Son cœur battait à toute vitesse. Les trois créatures avaient l'air de chercher quelque chose – ou quelqu'un. Étaient-elles à la poursuite de la petite Indienne ?

Elles s'approchaient toujours plus, et Cléa se recroquevilla. Soudain, elle entendit d'affreux gargouillis tout près d'elle. Les cornes du plus gros des trois monstres surgirent au-dessus du rocher, avant de disparaître tout aussi vite. Puis les bruits cessèrent, et un silence pesant s'installa.

La jeune Indienne donna un petit coup de coude à Cléa et lui désigna le ciel : le jour était en train de se lever. Des bandes de lumière orangée s'étalaient à l'horizon.

Quand les rayons du soleil atteignirent le rocher, l'Indienne se releva lentement. Cléa l'imita. Les monstres s'étaient volatilisés.

– Ouf ! Ils sont partis ! dit l'Indienne avec soulagement.

Elle se leva et s'étira.

– C'était qui ? demanda Cléa, toute tremblante.

– C'est une longue histoire ! soupira l'inconnue. Mais il faudrait peut-être que je me présente. Je suis Chenoa. J'appartiens à la tribu des Arakamis. Mon campement se trouve à une journée de cheval d'ici. Et toi, d'où viens-tu ?

– Moi, je m'appelle Cléa. Et je suis arrivée ici par… eh bien, par magie !

Maintenant qu'il faisait clair, Cléa put détailler sa compagne. Elle était vêtue d'une robe en daim marron tout ornée de petites perles et bordée d'une frange. À sa ceinture pendait une grosse bourse de cuir. Elle avait deux longues tresses de cheveux noirs, et un collier d'argent et de turquoise autour du cou. Cléa baissa les yeux et vit qu'elle portait elle aussi une tunique et une jupe en daim, ornées de petites perles. En se touchant la tête, elle découvrit que ses folles boucles rousses étaient rassemblées en une longue natte dans son dos.

Le joli visage de la princesse s'était éclairé aux paroles de Cléa :

– Par magie ? C'est drôle ! Ma grand-mère me racontait qu'elle avait une amie magique quand elle était petite. C'était toi ?

– Non. C'était sûrement ma grand-tante. Elle s'appelle Clarisse. C'est elle qui m'a montré comment voyager dans le temps. Mais toi, reprit Cléa, encore frissonnante, tu ne m'as pas expliqué qui étaient ces

monstres horribles ! Ils te veulent du mal ?

Les yeux de Chenoa lancèrent des éclairs de colère :

– Ce sont des Ombres des rêves, dit-elle. Et elles sont aussi horribles qu'elles en ont l'air. Elles me donnent la chair de poule ! La nuit, elles traquent les gens pour les emporter dans les Terres des Ombres. Quand le jour se lève, elles s'en vont et nous laissent en paix. Mais seulement jusqu'à la nuit suivante !

– Et tu te promènes quand même toute seule le soir ? demanda Cléa à sa nouvelle amie. Ce n'est pas très prudent !

– Je n'ai pas le choix ! C'est le seul moyen pour sauver les miens !

3

L'attrape-rêves

– Les sauver ? répéta Cléa. Ils sont en danger ?

– Je t'expliquerai, répondit Chenoa. Mais d'abord je vais te présenter Tonnerre.

Les deux fillettes se trouvaient au milieu d'une grande prairie, sur un chemin caillouteux qui longeait le cours sinueux d'une large rivière. Un magnifique cheval noir était attaché à un arbre près de la berge. Au loin, derrière la plaine, s'élevaient de hautes montagnes aux sommets enneigés, plantées de pins.

Chenoa se dirigea à grandes enjambées vers le cheval. Cléa la suivit.

– Salut, mon beau, dit-elle en tapotant le flanc luisant de Tonnerre.

Le cheval baissa la tête et répondit d'un petit hennissement.

– Les Ombres des rêves emmènent les gens

de ma tribu dans les Terres des Ombres les uns après les autres, dit Chenoa. Il y a deux jours, elles ont enlevé mon père, le chef des Arakamis. Et personne ne sait où se trouvent ces terres.

Elle détacha la longe de Tonnerre pour l'amener boire à la rivière.

– Avant, poursuivit-elle, les Ombres des rêves ne pouvaient pas s'en prendre à la tribu, car notre village était protégé par un attrape-rêves. Mais on nous l'a volé.

– Un attrape-rêves ? intervint Cléa, déconcertée.

– C'est un petit cerceau fait d'une branche de saule. Des tiges s'entrecroisent à l'intérieur, comme une toile d'araignée. Il y a deux plumes cousues au milieu : une de hibou pour la sagesse, et une d'aigle pour le courage. On le suspend au centre du campement. Chaque fois qu'un membre de la tribu fait un cauchemar, l'attrape-rêves en capture les Ombres dans sa toile.

– Et, ensuite, que deviennent ces Ombres ? demanda Cléa, fascinée.

– Tous les matins, dès que les premiers rayons du soleil se posent sur l'attrape-rêves, elles disparaissent, répondit Chenoa. Mais, depuis que le nôtre a été volé, tout le monde fait d'horribles cauchemars, et on ne peut plus empêcher les Ombres de rôder en liberté. Comme elles ont peur du feu, on en allume un au milieu du village pour les éloigner. Mais avec le temps elles s'enhardissent. Chaque nuit, elles s'approchent davantage, et nos rêves sont de plus en plus effrayants.

Chenoa serra les poings :

– Voilà pourquoi je dois rapporter notre attrape-rêves au village.

Elle se pencha pour remplir sa bourse de cuir d'eau de la rivière.

– Je peux t'aider ? proposa Cléa. Je pourrais peut-être venir avec toi.

Un sourire illumina le visage de Chenoa.

– Avec joie ! s'exclama-t-elle. Je me sentais un peu seule ici, avec Tonnerre.

Elle sembla reprendre espoir :

– Peut-être que tu me porteras chance, et que nous retrouverons le coyote joueur de tours qui nous a volé.

– C'est quoi, un « coyote joueur de tours » ? s'informa Cléa.

– Les coyotes ressemblent un peu à des chiens, répondit la petite Indienne. Chez nous, on les appelle « joueurs de tours » parce qu'ils sont très malins !

Elle grimpa sur le dos de Tonnerre et tendit la main à Cléa. Celle-ci monta derrière elle et passa les bras autour de sa taille. Elle repensa au chien qu'elle avait vu sur le totem, dans le labyrinthe.

– Comment sais-tu que c'est un coyote qui a pris l'attrape-rêves ? demanda-t-elle.

– Parce que des empreintes de coyote partaient de l'arbre où il était accroché. Je les

suis depuis un moment. Tiens, regarde !

Elle pointa le doigt vers le chemin, où Cléa vit les traces de l'animal.

Chenoa fit claquer sa langue, et Tonnerre partit en longeant la rivière.

– Pourvu qu'on le trouve bientôt ! s'exclama Cléa. Je n'ai vraiment aucune envie de rencontrer ces Ombres des rêves une deuxième fois !

– Moi non plus ! renchérit Chenoa.

4

La tanière du coyote

Le soleil était maintenant haut dans le ciel, et faisait briller mille étincelles dans les remous de la rivière. Un couple d'aigles chauves volait en cercle au-dessus du chemin. Leurs ailes projetaient de grandes ombres sur le sol.

Au bout d'un moment, les empreintes de coyote s'écartèrent de la berge pour pénétrer dans la forêt. Cléa et Chenoa apprécièrent la fraîcheur bienfaisante des grands pins. Tout était calme. On n'entendait que le *clip-clop* des sabots de Tonnerre et les coups de bec répétés d'un pic-vert contre un tronc d'arbre.

– Où peut bien aller ce coyote ? se demanda Chenoa à voix haute.

Quelques instants plus tard, les fillettes entrèrent dans une clairière toute tachetée de soleil. Les oiseaux s'interpellaient joyeusement d'un arbre à l'autre.

Chenoa arrêta Tonnerre d'une tape sur le flanc.

– Qu'est-ce qui se passe ? demanda Cléa.

La petite Indienne sauta de cheval.

– Les traces s'interrompent ici, murmura-t-elle. Le coyote ne doit pas être loin.

Cléa mit pied à terre à son tour.

Chenoa s'avança vers un buisson couvert de fleurs blanches.

– Regarde, chuchota-t-elle. Les empreintes disparaissent dans ces fourrés.

Cléa la suivit.

– Tu as raison, murmura-t-elle. On dirait que le coyote est passé par là.

En s'approchant pour humer le parfum des fleurs, elle fut intriguée par l'aspect des feuilles, d'un vert très foncé, comme vernies, avec un drôle de bout pointu.

Chenoa attacha Tonnerre à côté de l'arbuste. Aussitôt, il y plongea le nez et se mit à mâchonner quelques feuilles. Sans bruit, les deux amies s'enfoncèrent dans les taillis.

Elles arrivèrent bientôt devant une petite caverne. Les yeux plissés, Cléa scruta l'intérieur : au fond de la grotte, un coyote dormait d'un sommeil profond, roulé en boule. Comme l'avait dit Chenoa, il avait l'allure d'un gros chien, avec son pelage couleur de sable et ses oreilles pointues.

Elles entrèrent à pas de loup dans l'antre de l'animal. Un rayon de lumière perçait à travers les branches, éclairant doucement le sol tapissé de feuilles vert foncé et de fleurs blanches. Mais aucune trace de l'attrape-rêves des Arakamis.

Cléa s'avança doucement pour inspecter les coins sombres de la tanière. Un *crac* ! sonore l'arrêta net. Chenoa venait de marcher sur une brindille. Toutes deux se tournèrent vers le coyote : ses oreilles s'étaient dressées ! Il ouvrit les yeux. À la vue des intruses, il bondit sur ses pattes et gronda en montrant des crocs menaçants.

5

Les feuilles oreilles

La peur de Cléa fit bientôt place à la stupéfaction. Elle comprenait les grognements du coyote aussi clairement que s'il lui avait parlé !

– Qui êtes-vous ? questionna-t-il. Que faites-vous chez moi ?

Cléa jeta un bref coup d'œil à Chenoa, en se demandant si elle était en train de rêver. Mais son amie avait les yeux écarquillés de surprise. Visiblement, elle aussi comprenait très bien l'animal.

– Vous pourriez au moins vous présenter,

reprit-il sèchement. On ne vous apprend donc pas la politesse, à vous, les humains ?

Sa queue balayait le sol avec irritation.

– C'est très grossier de s'inviter chez quelqu'un par surprise pendant son sommeil ! poursuivit-il. Que voulez-vous ?

Chenoa toussa pour s'éclaircir la gorge :

– Heu... bonjour, bredouilla-t-elle, tout étonnée d'entamer une conversation avec un coyote.

– « Bonjour » ? répéta l'animal, légèrement méprisant. « Bonjour » ? Il est un peu tard pour cela ! On dit bonjour avant d'entrer chez les gens, pas après ! Franchement !

Tout en faisant le malin, il remuait nerveusement les pattes. Cléa eut l'impression qu'il n'avait pas la conscience tranquille.

– Je m'appelle Cléa, déclara-t-elle poliment. Et voici Chenoa. Nous sommes désolées d'être entrées dans votre grotte sans votre permission.

Le coyote agita joyeusement la queue.

– Bah, ça n'a pas d'importance, répliqua-t-il d'un ton soudain plus amical. Vous m'avez fait peur, c'est tout. Vous pouvez m'appeler Feu Follet.

– Mais, Feu Follet, lui demanda Cléa, comment se fait-il que vous compreniez le langage des hommes ?

– Et que nous, nous comprenions le vôtre ? compléta Chenoa.

– Quelle question ! fit le coyote. Grâce à ceci, bien sûr !

Et il poussa de la patte quelques feuilles vers les fillettes.

Cléa se pencha pour en ramasser une. Elle l'examina, perplexe. Chenoa en prit une à son tour et hocha la tête. Elle, elle avait compris !

– Le chamane* de ma tribu nous parle souvent de ces feuilles ! s'exclama-t-elle. Il les appelle des feuilles oreilles, parce qu'elles donnent aux hommes et aux animaux le pouvoir de communiquer ensemble ! C'est la première fois que j'en vois. Je croyais qu'il s'agissait d'une légende, mais le chamane disait vrai !

– Eh bien, lança Cléa en souriant, c'est une chance qu'on se comprenne, Feu Follet. Comme ça, vous allez pouvoir nous expliquer où se trouve l'attrape-rêves !

Feu Follet baissa le museau.

– L'attrape quoi ? marmonna-t-il d'un air innocent.

Chenoa mit les mains sur ses hanches. Ses yeux lançaient des étincelles.

– L'attrape-rêves ! répéta-t-elle. J'ai suivi ta trace depuis mon campement. Je sais que c'est toi qui l'as pris. Rends-le-moi avant qu'il ne soit trop tard.

* Un chamane est une sorte de sorcier chez les Indiens.

36

Feu Follet se tortilla sous le regard furieux de la fille du chef :

– Comment ça, trop tard ? murmura-t-il.

Tandis que Chenoa lui racontait ce qui arrivait aux siens, Feu Follet semblait de plus en plus mal à l'aise.

Quand elle eut terminé, il soupira, tout honteux :

– C'est vrai. C'est moi qui ai pris votre attrape-rêves. Tu comprends, je ne suis qu'un jeune coyote, il faut que je m'entraîne. Je l'ai dérobé pour impressionner le Grand Esprit Soleil et lui prouver que je suis un vrai joueur de tours rusé.

Il jeta aux fillettes un coup d'œil implorant :

– Mais, si j'avais su que ces monstres viendraient enlever ceux de ta tribu, je n'aurais jamais fait cela !

Cléa lui tapota la tête pour le réconforter. Il avait l'air sincèrement catastrophé.

– Je ne t'en veux pas, dit Chenoa. Je veux juste récupérer l'attrape-rêves. Dès que tu nous le rendras, tout rentrera dans l'ordre.

Feu Follet hésita, penaud.

– J'espérais que tu ne dirais pas ça, avoua-t-il d'une petite voix.

– Pourquoi ? demanda Cléa.

– Parce que… je ne l'ai plus, bredouilla-t-il. Je l'ai donné – au Grand Esprit Soleil.

6

La longue marche

Chenoa le regarda fixement.

– Tu ne l'as plus ? répéta-t-elle, horrifiée.

Après un silence, Feu Follet fit signe que non.

– Qui est ce Grand Esprit Soleil ? questionna Cléa. Et où se trouve-t-il ?

– Il prend souvent l'apparence d'un grand coyote. Mais en réalité il est beaucoup plus que cela. C'est un esprit très puissant. Il règne comme un soleil sur la Terre de l'Esprit magique, derrière la Grande Cascade. Je peux vous y conduire, si vous voulez. Seules, vous risqueriez de vous perdre.

Cléa se tourna vers Chenoa.

– On n'a pas le choix, dit courageusement la jeune Indienne, il faut absolument qu'on y aille. C'est notre seule chance. Et on ferait mieux d'emporter des feuilles. On en aura besoin pour communiquer.

Elle en ramassa quelques poignées pour elle et pour Cléa. Puis elle tressa un petit collier qu'elle glissa autour du cou de Feu Follet.

Celui-ci poussa un jappement de satisfaction et pencha malicieusement la tête sur le côté.

– De quoi ai-je l'air ? demanda-t-il. Ça me va bien ?

Les filles ne purent s'empêcher d'éclater de rire.

– Le vert te va à ravir, lui assura Cléa.

Tous trois sortirent de la grotte et regagnèrent la clairière. Tonnerre leva la tête à leur approche.

– Oh, je vois que vous avez trouvé le joueur de tours, hennit-il d'une voix grave.

En entendant son cheval parler, Chenoa resta bouche bée. Puis elle jeta les bras autour de son encolure :

– Tonnerre, tu es génial ! Grâce aux feuilles oreilles que tu as mangées, on va pouvoir se comprendre ! On doit reprendre la route. Feu Follet va nous montrer le chemin.

– Pas de problème, répondit le cheval en s'ébrouant.

Les filles montèrent sur son dos et ils s'enfoncèrent dans la forêt. Feu Follet trottait devant.

Ils voyagèrent longtemps. Au bout d'un moment, Cléa, bercée par le pas régulier de Tonnerre, manqua de s'assoupir.

– J'ai l'impression d'être partie depuis des heures, lui souffla soudain Chenoa. J'espère que ce petit malin de Feu Follet n'est pas en train de nous jouer un de ses tours.

Avant que Cléa ait pu répondre, elles entendirent un léger bruissement un peu plus loin devant elles.

– On dirait qu'il y a un torrent, commenta Tonnerre en dressant les oreilles.

– On y est presque ! jappa Feu Follet.

Le bruit s'amplifia. Quelques minutes plus tard, ils arrivèrent devant une cascade spectaculaire.

– Waouh ! fit Cléa, sidérée.

Une chute d'eau étincelante tombait à pic d'un haut plateau rocheux. Elle se déversait à leurs pieds dans un bassin d'eau turquoise. L'écume dansait au soleil, créant un magnifique arc-en-ciel.

Cléa et Chenoa se laissèrent glisser à terre et se penchèrent pour boire une gorgée d'eau. Elle était glacée, pure et délicieuse.

Tonnerre s'approcha à son tour pour se désaltérer, tandis que la jeune Indienne lui mouillait l'encolure pour le rafraîchir.

– Maintenant, il faut continuer à pied, leur dit Feu Follet. Pour entrer sur les Terres de l'Esprit, on doit grimper jusqu'au plateau et passer derrière la cascade.

– Faites attention, ça glisse ! les avertit Tonnerre.

D'un bond, Feu Follet sauta sur les rochers. Cléa et Chenoa le suivirent prudemment sur la paroi escarpée.

Après maints efforts, ils parvinrent sur le plateau de pierre, derrière la cascade. Cléa jeta un coup d'œil en bas. Elle fut prise de vertige en voyant Tonnerre, tout petit, au bord du bassin. Ils étaient si haut que le sommet des arbres formait un tapis à leurs pieds.

Au fond du plateau, un petit passage sombre s'enfonçait dans la montagne. Feu Follet les y entraîna.

Peu à peu, le bruit de l'eau s'éloigna, tandis qu'ils suivaient les méandres de l'étroit tunnel. Puis le silence se fit.

Enfin, la lumière du jour réapparut au bout du passage.

– Nous y voilà, déclara Feu Follet en ressortant à l'air libre.

Un splendide paysage s'étendait en face d'eux. Un ruisseau glougloutant serpentait au milieu de vastes prairies verdoyantes, et des oiseaux exotiques au plumage éclatant butinaient les fleurs sauvages.

– C'est magnifique ! murmura Cléa.

Mais déjà Feu Follet s'était remis à trotter.

– Par ici ! leur dit-il.

Il les conduisit jusqu'à un bosquet, où une nouvelle surprise attendait les deux amies. Des dizaines de trésors étincelants étaient suspendus aux branches des arbres : miroirs, bijoux, perles, clochettes…

– Qu'est-ce que c'est joli ! s'écria Cléa, ravie.

Le nez en l'air, elle se tournait de tous côtés pour admirer les merveilles qui se balançaient au-dessus de sa tête.

Puis quelque chose attira son attention. Elle mit la main en visière pour protéger ses yeux du soleil et scruta la plus haute branche du plus grand arbre. À son extrémité, tournoyant doucement dans la brise, se trouvait un objet qui ressemblait beaucoup à l'attrape-rêves que son amie lui avait décrit.

– Chenoa, regarde ! cria-t-elle, un doigt pointé vers la branche.

Celle-ci leva la tête et un sourire illumina son visage.

– L'attrape-rêves ! s'exclama-t-elle en sautant de joie.

Le bois magique

Chenoa courut au pied de l'arbre et commença aussitôt son ascension.

– Une chance que je sois la meilleure grimpeuse de la tribu ! lança-t-elle gaiement.

Feu Follet et Cléa la suivirent des yeux, un peu inquiets.

– Fais attention ! l'avertit le coyote. Avec le Grand Esprit Soleil, les choses ne sont jamais tout à fait ce qu'elles paraissent !

Mais Chenoa montait toujours.

– Je suis presque sûre que c'est l'attrape-rêves, répliqua-t-elle. Et rien ne m'empêchera de le rapporter dans ma tribu !

– Ça m'étonnerait qu'elle réussisse, souffla Feu Follet à l'oreille de Cléa. Elle ne pourra pas atteindre cet attrape-rêves si l'Esprit Soleil ne le veut pas.

Cléa regardait Chenoa, le front plissé. En effet, celle-ci avait beau monter de plus en plus haut, elle ne semblait pas se rapprocher de l'attrape-rêves, toujours hors de portée.

« Un arbre ne peut pas pousser comme ça en un clin d'œil ! songea Cléa. Chenoa finira forcément par y arriver ! »

Les yeux de Cléa se posèrent alors sur une jolie boule de Noël en verre rose, ornée d'étoiles dorées, suspendue au-dessus de sa tête. Sans réfléchir, elle se hissa sur la pointe des pieds pour la saisir. Mais alors que ses doigts allaient la toucher, la boule se volatilisa dans un nuage de poudre rose. Puis elle l'aperçut sur une autre branche, trop haute pour qu'elle puisse l'attraper.

Elle comprit : les trésors devaient être enchantés !

Elle allait prévenir Chenoa, mais celle-ci était déjà en train de redescendre. La déception se lisait sur son visage.

– Plus je montais, plus l'attrape-rêves s'éloignait ! expliqua-t-elle en sautant à terre.

– De toute façon, je ne crois pas que tu aurais pu le prendre, répondit Cléa. Regarde !

Elle tendit la main vers une clochette dorée, qui disparut dans un tintement à la seconde où elle l'effleura.

Chenoa soupira :

– Ce ne sont que des illusions, dit-elle, abattue. J'aurais dû m'en douter ! Qu'est-ce qu'on va faire, maintenant ?

À cet instant, un gros hibou tout blanc surgit dans les airs et vint se poser dans un arbre juste devant elles. Il cligna des paupières.

École Jean-Leman
4 avenue Champagne
Candiac, Qué.
J5R 4W3

– Je suis le Grand Esprit Soleil, hulula-t-il d'un ton solennel. Pourquoi essayez-vous de voler mes trésors ?

Chenoa fixa le hibou avec stupéfaction :

– Je croyais que le Grand Esprit Soleil était un coyote !

À peine eut-elle achevé sa phrase que le hibou vola jusqu'au sol et se changea en un grand coyote au pelage doré.

– Que cherchez-vous sur les Terres de l'Esprit magique ? demanda-t-il.

Cléa ne se sentait pas très à l'aise. Le Grand Esprit Soleil était de taille impression-nante, et ses grands crocs luisaient quand il parlait. Feu Follet était resté en arrière, préférant visiblement se faire oublier.

Quant à Chenoa, si elle était inquiète, elle n'en laissait rien paraître.

– Je suis venue reprendre l'attrape-rêves des Arakamis, répliqua-t-elle d'une voix claire. Mon peuple doit le récupérer, avant que les Ombres des rêves n'emportent toute la tribu.

Le Grand Esprit Soleil l'observa pensivement. Enfin, il se leva et, en un éclair, se transforma de nouveau… en un énorme grizzli !

Cléa, Chenoa et Feu Follet reculèrent prudemment.

– Si tu veux reprendre ton attrape-rêves, grogna l'ours, tu dois me donner quelque chose de beaucoup mieux en échange.

Le cœur de Cléa battait à toute allure ; mais, vaillamment, elle s'avança :

– Que désirez-vous, Grand Esprit Soleil ?

L'ours se dressa sur ses pattes arrière :

– Apportez-moi

la queue d'une étoile filante ! Mais attention :
je la veux avant le lever du soleil. Sinon...
je garde l'attrape-rêves !

Les filles le regardèrent horrifiées.

– Mais comment... ? commença Chenoa.

– Je vous souhaite bonne
chance ! l'interrompit le
Grand Esprit Soleil.

Et, sans un mot
de plus, son corps
se changea en
une multitude
de papillons multi-
colores qui s'envolè-
rent dans la brise.

Cléa, Chenoa et Feu Follet échangèrent des
regards consternés : où diable allaient-ils
trouver la queue d'une étoile filante ?

8

Sur les ailes de l'aigle

Chenoa était totalement découragée.

– On n'y arrivera jamais ! soupira-t-elle.

Cléa aurait voulu la réconforter, mais aucune solution ne lui venait à l'esprit.

– Il n'y a plus d'espoir, se lamenta la petite Indienne. Je n'ai plus qu'à rentrer au village…

Feu Follet tournait en rond, tête basse, quand tout à coup il se mit à bondir autour d'elles avec excitation.

– J'ai une idée de génie ! annonça-t-il, tout fier. Mon ami Flèche d'Argent peut sûrement nous aider ! Venez !

Les deux amies, intriguées, s'élancèrent
à sa suite. Le coyote les mena jusqu'à une
clairière. Là, perché sur un tronc d'arbre
déchiqueté, un majestueux aigle chauve
se lissait les plumes de son bec recourbé. Cléa
et Chenoa s'avancèrent. L'oiseau était
si grand qu'elles durent pencher
la tête en arrière pour bien
le voir.

– Les aigles sont si gros
que ça, d'habitude ? glissa Cléa
à son amie.

Chenoa fit non de la tête et chuchota :

– À mon avis, c'est un aigle magique.

Feu Follet salua le rapace d'un jappement,
et donna un petit coup de museau à Cléa :

– Donne-lui quelques feuilles oreilles, lui
recommanda-t-il. Comme ça, vous pourrez
parler avec lui.

Docilement, Cléa tendit quelques feuilles magiques à l'aigle. Elle le vit approcher son bec acéré avec appréhension. Mais il s'empara délicatement des feuilles et les avala d'un coup. Puis il observa les fillettes d'un air intrigué.

– Bonjour, dit-il d'une voix grinçante. Qu'est-ce qui vous amène ?

– Euh, pour être honnête, avoua Feu Follet, la mine piteuse, je leur ai attiré quelques ennuis. Et j'espérais que tu pourrais m'aider à réparer ma bêtise…

Flèche d'Argent ne parut nullement étonné par cet aveu. Apparemment, ce n'était pas la première fois que le coyote l'appelait à son secours.

Chenoa s'avança et déclara :

– Flèche d'Argent, nous devons attraper la queue d'une étoile filante pour le Grand Esprit Soleil, et la lui apporter avant le lever du jour ! Pouvez-vous nous aider ?

– Une étoile filante, hein ?
répéta Flèche d'Argent.

Il réfléchit longuement tout
en ébouriffant les plumes
de ses grandes ailes.

Cléa, Chenoa et Feu
Follet attendaient
anxieusement.

– Hum… Le souci,
c'est qu'il faut être très
rapide…, marmonna-t-il.

Après avoir lustré son
plumage avec soin, il fixa
les filles et dit :

– Pourquoi pas ? Cela m'amuserait assez
d'essayer !

– Alors… c'est oui ? demanda Cléa, sans
oser y croire.

– Évidemment ! confirma Flèche d'Argent.
Mais je ne vous promets pas de réussir.

À ces mots, il désigna le ciel de son bec :

– Le soir tombe déjà, ajouta-t-il. Les étoiles vont bientôt poindre. Nous partons tout de suite !

Les filles acquiescèrent, ravies, et l'aigle sauta à terre en déployant ses ailes géantes. Il se tourna vers Feu Follet :

– Tu nous accompagnes, mon jeune ami ?

– Euh, non merci… les coyotes ne sont pas faits pour voler, objecta Feu Follet. Je préfère vous attendre ici.

Et il se roula en boule pour faire une sieste, pendant que Cléa et Chenoa s'installaient sur le dos du rapace, accrochées fermement à ses plumes. Le grand oiseau leur décocha un clin d'œil rassurant :

– Alors, les filles, parées pour le décollage ? Et il prit son envol, montant droit vers le ciel.

Les deux amies filaient dans les airs au rythme des ailes puissantes du rapace. La nuit arrivait ; l'obscurité gagnait de minute en minute. Bientôt, les étoiles apparurent : d'abord une lueur clignotante, puis une autre, suivie d'une troisième, jusqu'à ce que le ciel soit piqueté d'une multitude de petits diamants.

– C'est génial ! hurla Cléa, le visage fouetté par le vent.

– Oh ! Une étoile filante ! s'exclama Chenoa. En bas à gauche !

Aussitôt, à la vitesse de l'éclair, Flèche d'Argent descendit en piqué à la poursuite de l'étoile. Cléa dut s'agripper pour ne pas glisser.

– Tiens-toi prête à lui saisir la queue ! lui cria Chenoa.

Elles se penchèrent le plus possible. Elles allaient l'attraper, mais l'étoile vira et se perdit dans le noir avec un léger grésillement. Flèche d'Argent avait raison : leur tâche ne s'annonçait pas des plus faciles.

– Là-bas ! lança bientôt Cléa en désignant une lumière éblouissante qui filait devant eux.

De nouveau, l'oiseau fonça. Mais, cette fois encore, l'étoile fut plus rapide. Elle disparut dans une traînée d'argent.

Chenoa jeta à Cléa un coup d'œil inquiet :

– On ne réussira jamais ! On a à peine le temps de les voir qu'elles disparaissent !

Elles tournaient la tête de tous côtés tandis que Flèche d'Argent sillonnait le ciel.

– J'en vois une autre ! déclara le rapace.

Il accéléra, et Cléa sentit la brise siffler dans ses oreilles.

Cette étoile-ci ne semblait pas du tout pressée de se consumer. Au contraire, elle entraîna Flèche d'Argent dans une joyeuse danse, et lui fit multiplier pirouettes et zig-zags. Elle gardait toujours quelques mètres d'avance. Soudain, un petit gloussement résonna dans l'air. Cléa fixa l'étoile avec stupéfaction. Était-elle en train de rêver, ou l'étoile riait-elle de joie en virevoltant de-ci de-là ?

Instinctivement, Cléa lui cria :

– Étoile ! S'il te plaît, ne te sauve pas ! Laisse-nous t'attraper !

– Qu'est-ce qui te prend, Cléa ? pouffa Chenoa. Tu parles aux étoiles, maintenant ?

Cléa tendit l'oreille dans l'espoir d'entendre de nouveau l'étoile. Mais elle ne perçut que le sifflement du vent.

– J'aurais juré qu'elle avait ri ! expliqua-t-elle à son amie, un peu penaude.

À cet instant, une voix cristalline tinta dans la nuit :

– Pourquoi voulez-vous m'attraper ?

L'étoile leur parlait !

De surprise, Chenoa serra le bras de Cléa qui reprit :

– Le Grand Esprit Soleil nous a lancé un défi. Nous devons lui rapporter la queue d'une étoile filante !

– C'est impossible, répondit la voix dans un son de clochettes. Personne ne peut nous capturer. Nous sommes trop malignes pour nous laisser prendre par les hommes. Une étoile filante, c'est une étoile qui va s'éteindre. Elle donne un dernier feu d'artifice avant de s'endormir pour toujours. Même si on en saisissait une, sa lumière s'éteindrait bien avant de toucher le sol. Un esprit puissant comme le Grand Esprit Soleil le sait parfaitement. Vous devez vous montrer plus rusées que lui.

Cléa se sentit envahie par le découragement. Chenoa soupira. Le Grand Esprit Soleil s'était moqué d'elles !

– Merci, étoile ! lança Cléa en guise d'adieu.

Puis, se tournant vers son amie :

– Elle a raison ! Mais comment faire ?

Chenoa se pencha vers Flèche d'Argent :

– Peux-tu nous poser, s'il te plaît ? On doit réfléchir à un plan. Et vite !

Cléa se mit aussitôt à se creuser les méninges. Qu'allaient-elles pouvoir inventer ?

Dans la clairière, Feu Follet les attendait

avec impatience, en scrutant le ciel étoilé.

– Raté ? demanda-t-il d'un air abattu, quand il les vit revenir bredouilles.

Chenoa lui raconta leur aventure. Puis les fillettes remercièrent Flèche d'Argent qui s'envola. Elles lui firent de grands signes d'adieu.

Soudain, Chenoa sursauta :

– Oh, non ! s'écria-t-elle. Le soleil va bientôt se lever ! On ne pourra jamais ramener les membres de ma tribu au campement… Tout est fichu !

Elle avait raison. Dans quelques instants, il serait trop tard. Ils avaient échoué. Chacun resta tristement plongé dans ses pensées.

– C'est sûr, finit par murmurer Feu Follet. Sans la queue d'une étoile, à quoi bon retourner voir le Grand Esprit Soleil ?

– La queue d'une étoile… le Grand Esprit Soleil…, répéta Cléa à voix basse. Je crois que j'ai trouvé ! Venez !

Et elle partit en courant vers le bosquet.

La ruse de Cléa

– Qu'est-ce que tu vas faire ? cria Chenoa en s'élançant derrière elle.

– Vite ! Il faut juste qu'on arrive avant le lever du soleil ! répondit Cléa.

Ils atteignirent le bosquet aux premières lueurs de l'aube. Le Grand Esprit Soleil les y attendait, sous sa forme de coyote.

Sans hésiter, Cléa lui déclara d'une voix assurée :

– Grand Esprit Soleil, nous allons vous donner la queue d'une étoile filante !

– Mais, Cléa…, murmura Chenoa, inquiète.

– Chut…, l'interrompit Cléa à voix basse. Laisse-moi faire.

Intrigué, le Grand Esprit Soleil s'assit en enroulant sa queue autour de ses pattes avant.

Cléa inspira à fond. Il n'était plus temps de reculer. Elle s'approcha, prit la longue queue en panache du coyote géant et la brandit sous son museau :

– Grand Esprit, se lança-t-elle, vous êtes le Soleil de la Terre de l'Esprit magique. Or, comme chacun sait, le soleil est une étoile. Alors, voilà : je vous donne la queue d'une étoile. Maintenant, à vous de nous rendre l'attrape-rêves !

Stupéfait, le Grand Esprit Soleil garda le silence un long moment sans quitter Cléa des yeux. Elle se mordait la lèvre. Allait-il se mettre en colère ?

Enfin, il remua la queue et marmonna :

– La queue d'une étoile…

Puis il éclata de rire et désigna du museau l'arbre le plus proche. Celui-ci s'était mis à luire d'une lumière dorée, et Cléa s'aperçut que sur la branche la plus basse pendait... l'attrape-rêves.

– Oh, merci ! Mon village est sauvé ! s'exclama Chenoa. Elle se précipita pour le décrocher, le caressa tendrement et le glissa autour de son cou.

Le Grand Esprit Soleil se leva et s'éloigna en gloussant doucement.

– La queue d'une étoile ! Ah, elle est bien bonne ! répétait-il en hochant la tête.

– Ton idée était fantastique, Cléa ! s'exclama Feu Follet. Je me demande comment je n'y ai pas pensé moi-même. Chenoa la serra dans ses bras :

– Tu as été géniale !

– Il ne nous reste plus qu'à remettre l'attrape-rêves à sa place, dit Cléa.

– Oui, et ce n'est pas gagné…, reprit la petite Indienne. En route ! Il faut qu'on arrive avant la nuit !

Tous trois reprirent le chemin de la cascade. Tonnerre hennit joyeusement quand il les vit revenir avec l'attrape-rêves. Les filles montèrent sur son dos et reprirent la direction du village. En chemin, elles lui racontèrent ce qui s'était passé. Puis Feu Follet les amusa en leur faisant le récit de ses nombreux exploits. Mais le soir tombait déjà lorsqu'ils arrivèrent en vue du village.

– Regardez, là-bas ! lança Chenoa. Le haut des tipis... et l'abri commun !

– Qu'est-ce que c'est ? demanda Cléa en tendant le cou.

Elle vit une sorte de cabane tout en longueur, construite avec des rondins et de la terre.

– C'est là que vivent presque tous les membres de la tribu, expliqua Chenoa. Il est composé de plusieurs pièces, une par famille.

Elle regarda anxieusement le ciel et pressa Tonnerre :

– Dépêche-toi, ou les Ombres des rêves vont revenir...

À cet instant, Cléa distingua un mouvement sur sa gauche. Elle tourna la tête : une grosse créature dotée de nombreuses pattes se faufilait entre les buissons. Le monstre les vit et se dirigea droit sur eux.

– On dirait que c'est trop tard, annonça Cléa.

– Au galop, Tonnerre ! cria Chenoa.

Le cheval partit en trombe vers le campement. La créature se lança à leur poursuite en raclant le sol de ses griffes. Feu Follet lui montrait les crocs, mais elle n'y prenait pas garde. Toute son attention restait concentrée sur les deux filles.

– Vas-y, Tonnerre ! hurla Chenoa. On y est presque !

En effet, ils étaient si près du but qu'ils pouvaient sentir l'odeur de la nourriture cuisant sur les feux de camp. Mais Cléa aperçut d'autres Ombres sinistres rôder aux abords du village.

– Attention ! cria-t-elle.

Tonnerre buta sur une pierre. Après la longue route qu'il avait parcourue, la fatigue commençait à lui peser.

– On ne peut pas chasser les Ombres des rêves avec l'attrape-rêves ? demanda Cléa à Chenoa.

– Non. Il n'agit que s'il est à sa place, sur l'arbre, au milieu du camp, expliqua-t-elle. Ailleurs, il n'a aucun pouvoir !

Elle l'ôta de son cou et le lui tendit :

– Si je guide Tonnerre jusqu'à l'arbre, tu pourras l'accrocher ?

– Bien sûr ! assura Cléa tout en prenant l'attrape-rêves.

Et elle s'agrippa à la taille de son amie.

Trois Ombres des rêves étaient maintenant à leurs trousses. Une quatrième, qui se
tenait près du camp, semblait les avoir repé-
rés. Dans un dernier sursaut d'énergie,
Tonnerre accéléra, zigzagua pour éviter les
créatures, et chargea droit vers le centre du
campement.

– On arrive ! cria Chenoa à Cléa. Tiens-toi prête !

Ils passèrent à toute vitesse devant l'abri commun et l'arbre apparut. C'était un grand pin isolé, entouré de tipis. Ils y étaient presque. « On va réussir ! » songea Cléa, tout excitée.

Soudain, elle sentit un souffle chaud sur son mollet droit et baissa la tête. Une Ombre des rêves tendait une patte griffue pour lui saisir la jambe.

Elle ramena son pied vers elle en hurlant et faillit tomber. Feu Follet gronda à l'adresse du monstre. Mais celui-ci gagna encore du terrain.

Le retour du chef

Penchée au maximum, Cléa tendit le bras vers l'arbre, l'attrape-rêves au bout des doigts. Elle s'attendait à sentir d'une seconde à l'autre les griffes du monstre se refermer sur son mollet.

– Maintenant, Cléa ! lui cria Chenoa.

Le cœur battant, Cléa repéra une branche plus longue que les autres. Elle y glissa au vol le cordon de l'attrape-rêves.

À peine eut-il repris sa place qu'il se mit à luire d'un éclat argenté. Chaque fil de sa toile scintillait. Des couinements à glacer le

sang résonnèrent aussitôt dans le noir :
toutes les Ombres des rêves étaient attirées
dans la toile de l'attrape-rêves, sans pouvoir
résister.

Cléa sauta du dos de Tonnerre, les genoux tremblants. Chenoa vint la serrer dans ses bras. Puis les fillettes félicitèrent le cheval, tandis que Feu Follet se frottait contre leurs jambes et jappait gaiement.

– On a réussi, Cléa, on a réussi ! répétait Chenoa, incrédule. Demain, dès le lever du soleil, les Ombres des rêves seront renvoyées dans les Terres des Ombres !

Soudain, des cris de joie retentirent. Quittant les tipis et l'abri commun, des villageois arrivèrent en courant, étonnés et heureux. Enfin, l'attrape-rêves était à sa place, ils allaient pouvoir vivre en paix !

Les acclamations s'amplifièrent : les membres de la tribu qui avaient été kidnappés sortaient des bois et approchaient du campement. Leurs amis et leurs familles se précipitèrent à leur rencontre.

Chenoa poussa un cri aigu :

– Père !

Elle courut se jeter dans les bras d'un homme de haute taille, qui la souleva et la fit tournoyer dans les airs.

– J'adore les fins heureuses ! commenta Feu Follet.

– Et moi donc ! renchérit Cléa en souriant jusqu'aux oreilles.

Chenoa prit la main de son père et rejoignit ses amis, les yeux pétillants de joie.

– Voici mon père, Hakan, le chef de la tribu des Arakamis, déclara-t-elle. Père, je te présente Cléa et Feu Follet. C'est grâce à eux que notre village a retrouvé son attrape-rêves.

Feu Follet frotta son museau contre la main de Chenoa pour la remercier : elle n'avait pas précisé qu'il avait commencé par le voler !

Le chef des Arakamis leur adressa un sourire rayonnant :

– Un grand merci ! lança-t-il. Nous vous devons beaucoup. Nous vous serons toujours reconnaissants de nous avoir sauvés des griffes de ces horribles Ombres des rêves. Et je suis tellement heureux d'être de retour parmi les miens.

Il se pencha pour caresser Feu Follet, qui remua fièrement la queue. Puis il s'éloigna pour aller saluer les membres de sa tribu.

Cléa se tourna vers Chenoa :

– Il va être temps que je m'en aille, lui annonça-t-elle à regret.

Elle s'accroupit à côté de Feu Follet :

– Je me suis tellement amusée avec vous deux !

Feu Follet lui lécha la joue.

– Merci, Cléa, dit Chenoa. Tu seras toujours la bienvenue chez les Arakamis. Reviens nous voir bientôt !

– Compte sur moi ! répliqua Cléa. Au revoir !

À peine eut-elle prononcé ces mots qu'un tourbillon s'enroula autour d'elle, chargé d'une odeur de pins. Elle ferma les yeux, et le vent l'emporta. Quand elle rouvrit les paupières, elle était de retour dans le labyrinthe du château, devant le totem. Elle examina avec curiosité les dessins qui y étaient gravés. La petite Indienne sur son cheval souriait, à présent, et le coyote courait à côté d'elle, sa queue en panache flottant dans le vent.

Cléa se frotta les yeux. Pendant une fraction de seconde, il lui avait semblé que la petite Indienne lui avait fait signe. Elle s'approcha de nouveau. Mais non : Chenoa était parfaitement immobile.

– On se reverra bientôt ! murmura Cléa à ses deux amis.

La voix de son frère jaillit alors de derrière la haie.

– Lucas Campbell est sur le point de sortir du labyrinthe…, criait-il à tue-tête, en imitant le ton d'un commentateur sportif.

« La course ! » se rappela Cléa dans un sursaut. Après un dernier coup d'œil sur le totem, elle s'élança dans le même sens que le cheval du dessin. Elle avait peut-être encore une chance de rattraper son frère !

Heureusement, elle avait pris la bonne direction. Quelques minutes plus tard, la sortie apparut droit devant elle. Lucas déboula en trombe, venant de l'autre côté,

et déboucha du labyrinthe au nez de sa sœur.

– Et Lucas Campbell décroche la médaille d'or ! brailla-t-il.

Il s'affala dans l'herbe, à bout de souffle, puis se redressa comme un diable sortant de sa boîte.

– Et tu te rappelles ce que ça veut dire ? reprit-il d'un air moqueur. Tu n'as plus qu'à ranger ma chambre !

Cléa éclata de rire. Au fond, ça ne la gênait pas vraiment !

– Bon, entendu, allons à la recherche de tes dinosaures !

Lucas poussa un cri de triomphe et partit comme un bolide vers le château, Cléa sur ses talons. « J'ai intérêt à ouvrir l'œil en rangeant la chambre de Lucas, songea-t-elle. Je pourrais bien tomber sur une nouvelle petite princesse ! »

Fin